당신이 한 철 더 피어 있었으면 해서

당신이 한 철 더 피어 있었으면 해서

나를 떠올리다 사랑이라는 단어를 발견하기를

초 판 1쇄 2025년 12월 23일

지은이 김필
펴낸이 류종렬

펴낸곳 미다스북스
본부장 임종익
편집장 이다경, 김가영
디자인 임인영, 윤가희
책임진행 안채원, 이예나, 김요섭, 김은진, 국소리

등록 2001년 3월 21일 제2001-000040호
주소 서울시 마포구 양화로 133 서교타워 711호
전화 02) 322-7802~3
팩스 02) 6007-1845
블로그 http://blog.naver.com/midasbooks
전자주소 midasbooks@hanmail.net
페이스북 https://www.facebook.com/midasbooks425
인스타그램 https://www.instagram.com/midasbooks

© 김필, 미다스북스 2025, *Printed in Korea*.

ISBN 979-11-7355-629-6 03810

값 18,000원

미다스북스는 다음세대에게 필요한 지혜와 교양을 생각합니다.

당신이
한 철 더
피어 있었으면 해서

김필 지음

나를 떠올리다 사랑이라는 단어를 발견하기를

"내가 할 수 있는 건 말, 오래 두고 준비한 건 문장,
던져 내 띄우는 시."

미다스북스

제4부

내가 지낸
어둔 밤만큼
시가 되었다

머리말

마치 운명과도 같이 글과 만난 건 10여 년 전. 시작도 과정도 미약했지만 좋아하는 건 자주 이유가 없지 않던가.

다른 건 숱하게 잊히는데도 유독 글만큼은 여기까지 함께하였다. 그 사실이 자못 놀랍다. 쓰는 데에 긴 시간 골몰했지만, 실은 그 결벽은 필요치가 않았다. 백지 위에서는 늘 처음이고 완성이란 그 누구도 알지 못하는 부분이니까.

본 편을 쓰고 있지만 한낮의 한 줄기 볕을 받으며 세상에 나리라곤 또 생각 못했다. 이 많은 언어 중 몇 줄이나마 독자에게 닿는다면 쓰는 일의 소임을 다한 것이리라.

이 글이 크고 작은 소요를 일으키길.

때때로 마음 일렁였길.

2025년 어느 눈 내리는 날 남긴다.

잡혔다

손 틈새로

흘러가 버리는

아프게… 그러나 사랑한 날들
그렇게 남은 겹겹의 애틋함들

두고 온 마음

교정은 언제나 들썩였다

공부보다 그것을 뺀 나머지에 몰두했다

다들 사랑들을 했고

나 또한 단발머리 널 짝사랑했다

아무런 때 한 발짝 더 다가선 줄 알았고

얼마 안 가 이 모든 걸 의심하곤 했다

가질 수 없는 것도 있다는 걸 깨달을 즈음

뽀뽀하는 게 다 사랑이 아니란 걸 알았을 때

마지막 교실 종이 울렸다

떠들썩한 교정도

함께 까먹던 도시락 속 반찬도

네 옛날 집도 잊어버린 지 오래였다

허나 그 느낌만은 오래 두고 닦아 온 탓에

모든 건 애틋하기만 하다

우연히 널 마주치던 때가 있었다

그리 멀지 않은 곳에 사는 너를 20년이 지나야

만날 수 있었다

지금이 아녔으면 또 기약이 없었겠다

행복하다 했고

둘째가 엄마를 참 많이 닮아 있었다

우연히 널 마주치던 때가 있었다

기억하고자 한다

늙은 어미는 초라한 밥상을 짓고

나는 잠잠히 기도한 뒤 내 그릇을 비워낸다

나누는 대화가 종종 엇나가는 걸 보면

우리는 필시 나이 먹어가고 있는 것일 터

놀라지 않고 격분하지 않고 의연해져야 했다

이 세상을 사랑했지만 뜻대로 되지 않았고

바라지 않게 되자 그건 더욱 사랑이었다

어머니는 내일 아침에도 내 밥을 준비할 것이다

하루 세 끼 그렇게 평생을. 소박하나마 다채로운

이 밥상에는 일말의 조건이 없었다

붉은 핏물을 물려주고도 식지 않게 하신 어머니.

나는 내 밥 한 그릇을 비워낸다

어머니의 일생의 소명을 크게 삼킨다

흔들리는 눈으로

눈이 옵니다 난 이 말을 다 하지 않았어요
가야 한다 해도 이 말을 들어 주겠어요
하얀 눈이 소복이 쌓이잖아요

당신이 멈춰서 듣자면
그러나 또 말을 못 할 것 같습니다
그렇게 당신이
내 눈을 들여다볼 거라는 생각에…

눈이 옵니다 기다려오지 않았지만
기다려 온 건 오직 당신이지만
당신은 눈 내리는 하늘을
오랜만에 올려다볼 뿐입니다

당신이라는 이유

내가 쓰는 것도 당신
쓰는 걸 멈추는 것도 당신

어느 짙어가는 밤…

네게 입 맞추는 걸 멈추고
애달피 말하지 않았었나

나더러 선택하라면

나는 사라져 간다
허나 용케도 숨이 붙어 있었다
그래, 여기서 생의
끝을 지켜보는 것도 좋겠다

사랑했던가
그게 당신의 단 한 순간을 이끌었던가

그날들은 차라리 슬픈 일
시들어 난 죽어 간다
내 몫을 덜어 너에게 물을 주었다

비록 조금이었지만
아무튼 당신이
한 철 더 피어 있었으면 해서

그래 아마도

무슨 말을 하려 했을까

스스로에게 자주 묻곤 하지

네게 물었을까

이게 왜 사랑이 아니냐고

난 도무지 그렇게밖에

생각이 안 든다고

낮게, 지나가듯

어쩌면 하지 않은 것처럼

넌 조그맣게 답하네

아주 작은 바람 때문에

듣질 못했어

무슨 말이었느냐고

물어도 다시 답하지 않았지

아마도 사력을 다한 말이었겠지
서서 흔들리고
넌 없고 그 한마디뿐이었겠지

아마도 사력을 다한 말이었겠지

넌 없고 그 한마디뿐이었겠지

어리석은 마음에

당신의 저녁은 어떤가요

식사를 하기 전인가요 걷고자 나왔나요

생각나는 건 당신을 스치는 건 무언가요

사랑하는 사람이 있겠죠

지나간 내가 잊은 그때였나요

슬프게도 내가 당신을 그리던 날인가요

내 무상한 날에도 입 맞추고 안기겠죠

그러나 당신이 조금은 슬퍼하기를

종종 혼자이기를

뉘엿뉘엿 해가 저무는 날

가까운 호숫가를 거니는 날

그런 날 가끔씩은 내가 기억이었음 해요

번민하는 시간

취한 날

미안해

다시 돌아가서 미안해

휘청이는 마음

가누지 못하고

늦은 밤 널 불러세웠어

죽은 듯이 지냈어야 했는데

참아왔는데

술 한 잔 덜 먹고

한 번 더 참을걸

밤

별도 달도 안 뜨고

네가 떠올라서야

그냥인 날

몹시도 무던한 날

술 먹다 말고

하늘 바라다보고 있었는데

넌 아주 잠깐이었는데

정죄받다

널 무작정 안던 밤

네 작은 흐느낌에

난 마음을 빼앗기고 말았다

사랑이 있다면

그건 이 사람일 거라고 생각했다

달빛 가득 애처로운 밤

우린 결국 채울 수가 없기에

그냥 탐닉에 빠져든다

널 채우고 널 만족시키고

아프게 하고 싶었다

사랑이 아닐지라도

영영 내가 되게

널 너에게서 빼앗고 싶었다

봄 맞으러 가지만

밀려드는 후회
겨울도
봄이 불어와도
놓질 못한 미련
나는 그것일 뿐

찬란하여
반짝인 4월에도
무엇도 갖질 못하고
무엇도 되질 못하고

매만지다
서성이다
봄날 뒤로하고
되돌아올 뿐

봄 맞으러 가지만

표현할 길 없는 감정일 때가 있어

한 자 한 자 적었어

천천히 담배를 피워올렸지

멀리로 달 떠가는 밤이었지

흰색으로 칠했고

빛도 그림자도 넣었어

그 밤을 완성해 갔지

한 자 한 자 적었어

밤그늘 달무리 고요…

아득한 그 날들과 거기에

서 있던 당신들을 적었지

애틋했어 떠나가 버렸고

그리웠어 여전히 너무나도

거짓은 아니기를

사랑이 아니라면서 왜
내 앞까지 왔나요

무슨 당신만의 이유로
그날에 서 있었나요

아무런 과정도
끝도 아닌데 왜 나였나요

그 입술의 고백을
믿고 있었죠

긴 시간 당신뿐이고
전부 진심이고 말았어요

거짓은 아니기를

숨죽여 말했었지

이 세상에 노래가 남는다면
나는 무엇을 남길까

생각이 나질 않아
결국 난 못하겠어

노래였으면 시라면
당신이 들었겠지

혼잣말을 했을 뿐이야

시란 어지러이 부는 바람이지

쓴다

시가 돼 있다

싫다

괴로워했다

사람들의 시란

대부분

눈물의 결과

속절없이

무너지던 밤

기어코

쓰여지니까

시란 어지러이 부는 바람이지

알아 끝인 걸 말이야

하는 수 없는 마음이었어
어떡해도 혼자여서

네 이름을 불러 봤어
사랑이라고도 해 봤어

하지만
그 이름이 아니겠지

그렇게 부를 수 없을 거야

우리는 파도가 되어

아주 먼 길
가늠할 수 없는 길
그럼에도 주섬주섬 꺼내어
삼켜 본 추억은 달았다

네가 내게 있던 쪽빛 바다
탁 트이고 때론 차갑고
그렇지만 잔잔하기만 한

너를 안던 무수한 밤처럼
끝에서부터 적셔 오고
난 그만 전율한다

당신은 내 유일한 회상
물결 따라 넘실대고 밀려오고

바다도 이젠 제법 커다란
파고를 그린다

함께였다면
저 바다의 수평선을 가리키다
참아내지 못하고
널 안아버렸을 거다
밤바다 따라 일렁였겠지

이별의 무게

그리워해요 그리워할 겁니다

당신께 이 말들을 아꼈지만

정작 가슴은

깨지고 허물어질 수밖에요

가을이었고 바람 이는 날이죠

우리의 가혹하고

이별들이 나부끼는 날입니다

진정 떠나야 한다면

그 길 부디 편안하시길…

걸음마다 보이는

당신의 찬 발목이 가여워

멀리 내다보진 못하겠습니다

이별의 무게

해야 할 말을 잊네

사랑한다고

줄곧 이 말을 해왔는데

왜 우린 아직 사랑이
아닌 걸까

당신이 이 말을 끝끝내
듣지 않는다면

사랑한다고

대신 다른 어떤 말을
해야 할까

짙게도 깊이도 당신은

누구나 처음 사랑을

그리워하지

회상하며 음미하듯이-

기억보다 짙고

추억보다 간절해

다른 끝나버린

이야기와는 다르게 말이야

짙게도 깊이도 당신은

달콤한 불면

지금 이게 사랑이 아니고

이별이라면 어떨까 하고 생각했다

서글픈 의문을 품었다

함부로 부는 바람 속에서

버텨낼 수 있을까

과연 살아낼 수 있을까라고

비바람은 몰아치겠지

끊어질 생명들이겠지

처음처럼 끝엔 완벽히 혼자이겠지

그래서 널 눈에 담는다

내가 납득될 수 없다는 걸 알기에

키스하고 연거푸 끌어안는다

갈급하고 너에게 허덕였다

내가 아는 슬픈 말

나에게 글이란 뭔지
왜 하물며 계속되는지 묻는다면
그건 마치 운명 같은
당신이 존재하기 때문이야

끊어질 듯 이어지는 건
가까스로 닿는 건 슬픈 일이지만
어느 밤에는 마침내 시가 되지

당신이, 지난 그 밤이
애틋하기만 해서 자주 눈물지었어

기다림이었다고 했습니다

당신에게 가고 있었다

시간을 가늠하며

그곳에 늦지 않으려 했다

하지만 처음 그 마음과는 다르게

난 고민했었고

종종 뒷걸음질 치기도 하였다

당신은 차를 끓이고

음식을 매일같이 준비한다고 했다

식기들을 깨끗이 닦으며

창밖을 넘겨다본다고 했다

노을만이 져간다고 하였다

당신에게 너무 늦게 도착한다

난 문을 두드렸고

계단을 뛰어 내려오는

소리가 들리고 곧이어 문이 열렸다

당신이 서 있었고

노을이 져갈 때였다

오늘도 울었었다 한다

달그림자

그립겠지
그리워할 거야

이 겨울도
못다 한 말이

내리는 눈과
결국 당신이

그립겠지
후회도 할 거야

가끔 바다로 간다

해안가. 멀리로 빛들은
바다와 만나 비로소 부서진다
눈부신 이날을 우리는
겨우 이렇게 살고 있구나

들려오는 건 보이는 건 단지 쪽빛 바다
멀리 나아가 보려는 고깃배
나도 당신처럼 만선을 빌어본다
돌아와 초라한 그물을
기우며 그때에 웃게 될까

흰 파도. 쓸려가고 밀려드는 것들
잡혔다 손 틈새로 흘러가 버리는
생은 이 같다
따져보면 사소한

처음부터 이름 없는 무수한 것들
슬프단 말은 서로 참아낸다

처음부터 이름 없는 무수한 것들

방 안 가득 짙은 향

당신이 써 놓았던 그 진심을

손을 저어 지워버렸다

잊기로 했다

다만 그 밤은 여전해서

아직 그러하기에

전부 지우기란 힘이 들었다

그래, 나의 당신은

깊고 오랜 글자들이라

내 잠을 덜어
당신의 쉼을
지키고 있었지

밤구름 유유히 떠가고 당신과의 추억에
아득한 이 밤은 비로소 몇 줄 시가 되네

무수한 감정에도 말없이

정원으로 와요

4월에는 매화꽃 피고

하이얀 히아신스 피어요

7월엔 장맛비 내리고

잠시 모든 건 지지만

늦여름 부는 바람에

어느새 맨드라미 붉어요

정원으로 와요

커피를 내리고 마시며

잠시 일어나 걸어요

때마침 노을이 져갈 거예요

두근거리는 가슴에

손을 얹고

저 하늘을 바라보는 것도
좋을 거예요

당신 눈을 바라보며 전할 말을
잠시 잊는 것도요

붓을 들어 그리던 날

곧 봄이에요 당신은 오겠죠

그 은은한 열은 멀리서부터도 알 것 같습니다

오랜 시간이었어요

준비도 많았던 것 같습니다

곧 봄이에요 기별하셨다지요

세안을 하고 단장을 하고 집을 나섭니다

텃새들이 지저귑니다

풀꽃이 발목까지 자라나 있습니다

어찌 다시 오셨어요

언제고 머무르며 오시면 다시 아니 가셨으면

짐작대로 은은한 열이 전해져 옵니다

당신이 거짓 같았고 난 눈물바람이 됩니다

쓴다는 것은

어느새 깊어진 밤 마침내 당도한 집
나는 때늦은 쉼을 청하려 한다
오늘 하루 가운데 누가 내 말을 들었을까
언제나 혼자였다

힘을 주어 눌러 썼었고 짧을수록 좋았다
같은 마음이었기에 늘 단 한 사람이었기에
몇 마디면 넉넉히 시가 되었다

계절이 오간다 하루가 뜨고 져간다
세상은 소요로 가득했고
그중에서 시어를 몇 개 집어든다

지난 모든 것이 엄습하는 밤
놀라워하다 황망한 밤

당신이 떠가는 다시금 애틋한 날
잠잠한 밤이 내게서 시를 이룬다

어느 오르막길 집 앞

봄은 빈 화분을 기억하다

하나씩

꽃으로 채울 겁니다

부지런히도

소명을 다하듯 말입니다

어느 오르막길 집 앞

산책 가자

수, 당신에게 가고 있었어요

어느 밤이었는지 몰라요

그저 늦은 밤일 뿐이었지요

바람이 나를 흔들지만

무슨 생각을 했는지 몰라요

당신을 안고 싶을 뿐이었지요

닿고 싶었어요 지금 간절한 때에―

수, 당신에게 가고 있었어요

종종 길을 잘못 들기도 했고

당신 집 초인종을 누르기엔

늦은 시각인지도 몰라요

하지만 거기 있는 거죠

그 웃음소리 그대로인 거죠

집 앞이에요 수, 바람이 좋아요

조용히 비처럼 내린다

잠 못 들지
새벽에도 내 이불을
들추고 날 깨우지

빗소리가 들렸어
네 목소리는 그것 같았어

빗방울처럼
창가를 두드리고
떨어져 내리지

이대로
멈추지 않기를…
줄곧 듣고 싶었지

당신을 안을 수가 있었지

손을 잡고 춤을 출까요

연주가 시작되고

수줍은 작은 움직임

이 무대가 끝나기 전

이 사랑을 이룰까요

우리는 하나의 선 위에

서 있죠

잡은 손이 떨려오지만

이 밤 조금은 더

용기를 내보려 해요

붉게 달아오른 얼굴

당신의 황망함

가슴은 세차게 뛰고

털어놓는 회상들
놀라운 진심들

정함이 없을 이 마음

이 짧은 순간
당신이 한 줄 시가 된다면.
보고프다고
지나는 시간에 아쉽다 했어
미안
나는 당신을 안던
밤들을 생각했어

내 기억은 그날에 머물러
작은 흐느낌에 내 모든 게
흔들렸거든
당신은 시
당신은 문장
흘러드는 음률
아껴 삼켜내는 감미로움

이 짧은 순간

당신이 한 줄 시가 된다면.

내 긴 고뇌 속에서 이 밤

또 한 번의 내 바람을 이룬다면.

내 품을 파고드는

어여쁜 당신은

나로선 믿을 수 있는 게 아니지

이 짧은 순간

수줍게 피어 있다

부서져 내리는 햇빛

4월이란 이름의 들꽃

비를 기다린 마음

계절을 난 작은 용기

다시 태어나고

움트고 잠에서 깨어난다

한사코 두 눈

가득 이 순간을 담아낸다

헐벗은 가지에도

텅 비어 있던 세상에도

당신의 하이얀 뺨 위로

그건 봄이었다

사랑한다면 다 그렇게

잠들 수 없었지
밤하늘 별들은 떠 있고
당신이 내 안 가득 차 있었지

그 옅은 숨을 뱉고 있었고
난 당신의 곁이고만 싶었어
단지 그것뿐이야 난 그것이면 돼

잠들 수 없었지
행여나 꺼져버릴까
일순 흩어져버릴까

내 잠을 덜어 당신의 쉼을
지키고 있었지
언제고 내려다보고 있었지

사랑한다면 다 그렇게

오늘은 완성하려고

짧은 이야기를 해 볼까

그러나 긴 널 이야기해 볼까

정오의 햇살 환한 날

12월의 함박눈을 이야기해 볼까

가슴 속까지 전해오는 따스함

그러나 그 이후의 밤들…

어떤 이야길 할까

너의 어떤 부분을 말할까

하얀 손 까만 눈

양팔에 감싸지는 작은 몸

그런 널 깨닫던 날을

어떤 단어로 이야기하지

붓을 들어 당신의 어디까지
그려낼 수가 있을까

외롭지 않은 여정

내가 무어하는 사람이냐고
나는 시인이지

섬처럼 떨어진 그곳에서

여리고 이른
계절목을 가꾸는 사람이지

말하고 있어요 당신을

향이 짙어요 어디에 두어도
어느 날이든 당신은 꽃이죠

꺾어서 갖고 싶어요
그 무엇보다 탐이 나서죠

볕 아래의 그 생기가
오, 초록과 연분홍 색채들

향이 짙어요 멍울지더니
터뜨려내고 활짝 피었어요

당신이 봄날 내 앞에서요

말하고 있어요 당신을

봄그늘 아래에서

마지막 한 잎이에요
너무나 오래
기다려 온 봄이에요

져갔던 꽃잎이
제자리에서 돌아나요

사랑하지 않는다면
이날 무엇을 할까요

마지막 한 잎이에요
마침내 전부 꽃 피었어요

네가 이어지다

홀로 가는 저녁 길

불빛 아득히 밝았다

귓가로 음악은 유유히 흐르고

나는 조금은 간절한 마음으로

시를 적어나갔다

종종 터무니없는 말이었다

이게 왜 자신이냐고

당신은 핀잔을 줬다

그래, 다는 이해 못 하겠지

이건 당신이지만

어디까지나 내 안에

사는 당신이었으니까

고즈넉한 길

목적이 분명한 길

절대 당신이 아닐 수 있지만
한낱 단어들이
이어져 시가 되는 날은
당신이 몹시도
그리운 날이곤 했어

웃고 떠들고 야단법석에
당신과 사랑했던 순간뿐이라
그래서 쓰려고
놓아두어도 모여들어
살며시 시가 되는 말들이라

내 모든 이유였을

질문을 가졌었다

당신에게는 왜 나인가

어떨 땐 끓어오르는

당신의 애정이 과분했다

너는 내게로 날아든 파랑새

내 정원에 핀 7월의 백일홍

이제껏 난 그 누구도 안을 수 없는

초라한 사람이었다

서글펐지만 이건

부정할 수 없는 사실이었다

그러나 너와 입 맞추면

모든 걱정을 잊는 것이었다

내가 머무르면 쪽빛 바다로

이끌어내는 사람

바다 내음에 들꽃 향을 더하는 사람

내가 살아낸 세상은 자주 무상했지만

순간순간을 이어놓은 것도 세상이었다

곳곳에 놓인 엇갈림이었지만

결국 네가 내게 닿았다

이 시가 곧 너이기를

나는 시를 읽고 있어

너에게 못다 한

말이 있어서

사랑한다는 이 말들을

읽어 내려가고 있어

띄워 올리고

읊조리고 다시

조심히 담아보았어

마침내

나는 시를 쓰고 있어

사랑한다고 쓰지

이 시가 곧 너이기를

아, 당신이라는 단어

내게 시가 없는 날
시가 전부인 나는
그럼에도 괜찮아요

도무지 쓸 수 없는 날에도
당신 그 한 줄이면 돼요

당신을 쓸 수 있었으면 됐어

족해요 또각또각 새기다,
까무룩 잠들 수 있었어

꽃씨를 심었더니

봄 나비가 날아드네
볕 밑에 너는 앉았고
산마루에는 안개 걸렸네

봄이 이리도 찬연하던가

나는 기억을 더듬어
모든 피고저 하는 것들을
불러봐

비도 바람에도 기쁘고
색색이 꽃은 피고
이날엔 내 너도 핀다네

꽃씨를 심었더니

할 수 없다 할 때도

나는 새로 쓰겠어 난 다만 말하고 싶어

듣지 않겠지만 들릴 리 없겠지만

나는 쓰고 나는 남겼어

설명할 수 없는 하루였고

이해를 구하기도 전 밤은 끝나갔지

아무도 함께하지 않았고

그래 굳이 그럴 필요가 없지

아득하다 또 스치우는, 지는 다시 맺히는

난 연이은 계절 가운데 서 있겠어

저물지만 피어오르겠어

때때로 멈추지만 반드시 더 나아갈 거야

내 하루의 처음은 당신

당신은 나보다 늦게
그리다 잠들어줘

사랑이 치우치지
않아야 할 것이라면

당신은 아침
나는 새벽

한 걸음 서둘러
사랑한 나였으니

청춘영화

너의 눈에도 선하게 가득한가 보다

네 귀에도 애틋이 들리나 보다

넌 웃고 지금 봄날이고 그래서

네 웃음의 이유가 봄인 듯 나인 듯하다

카라꽃

아름답지 않아요
당신은 내가 아는 당신이죠

보케테의 하얀 카라꽃은
꾸미지 않아요
그저 오래도록 자신일 뿐이죠

아름답지 않아요
아침해에 일어서고
비를 마시며 바람에 하늘거리죠

당신은 내가 아는 당신이에요

사랑이죠
오래도록 그 이름일 뿐이죠

해안을 따라

당신이 춤을 춘다
난 노래를 부르고 기타를 친다
파도가 셀 수 없이
부서지는 터키색 해안을 그린다

파도는 물러나고 흘러
넓은 바다가 되고
다시 어느 육지에 닿겠지
그곳의 사람에게 파도가 되겠지
그 아득함, 서로 그것이 되자

당신이 춤을 춘다
노래는 끝을 향하고
우리는 비로소 시작에 선다

모래성

하늘과 맞닿은 바다

습한 바람이 불어왔고 우리 그곳에 머물러

한 폭의 수채화가 되지

별빛 부서지는 해안

조금은 취해 있었고 지나가듯 진심을 말했지

스치다 손을 끌어당겨 안았었지

계절을 가득 안은 너는 마치 한 편의 시

둘만의 바다

찰랑이는 발목을 적시는 언제고 걷던

너 그리고 여름밤

제2부

내 잠을 덜어 당신의 쉼을 지키고 있었지

제3부

잇었을

그곳에

그리움 하나

아직 당신이 커다란 의미인 걸까?
떠올리고 그려내다 종종 울고 웃게 돼

귓가엔 아직 이 멜로디가

잊는 길이라고요

쓰다 고치다 내린 결론이라고요

슬프지만 울 수만은 없어요

맞아요 간다면 이별길 뿐이겠지요

하지만 그 길을 몰라서 다시 묻게 돼요

이걸 잘 아느냐고…

당신은 걸어 나가고 아직 의문뿐이지만

슬픔이 터져 나오지만 이별하겠어요

지금 당신이 바라니까요

너무나 원하니까

지키고 싶은 것

나는 당신이 사랑인 줄 알았다

아니, 당신은 절망이었다

도무지 내가 겪은 적 없는

들판에 피어난 꽃 중 가장 유약하고

바람에 정처 없이 흔들리고

그러나 황혼빛 배어든

정신이 아득해지는 향을 가진 꽃

나는 당신이 사랑인 줄 알았다

당신은 독

당신은 집요한 미련

당신은 세상

단 한 번의 작은 움직임에

이미 오래전 내 눈은 멀어 있었다

크게 일다

이건 열병
너무나 또렷해서
일순간에 사라질 것 같은
또는 불안

난 좋은 사람이 아니다
그저 좋은 사람으로
기억되었으면 하는
비겁한 사람

이런 나를 사랑하는 넌
얼마큼의 감정을
푹하고 퍼내 내가 있을
공간을 만든 것일까

오늘도 똑같은 당신
따스하고 분명한 진심
작은 빛이 드리운 나날들
언젠가…
홀로 돌아오는 저녁 길

당신의 소소함이
어른거렸다
감정이 당신이 가득 차
손을 얹고도
가슴이 내내 일렁였었다

오늘도 똑같은 당신

아래로 아래로

나를 외롭게 두지 말아요 글을 쓰고 있죠

그러나 글 속에 날 그만 내버려두지 말아요

한 자 한 자 쓰인 건 어쩌면 그리움이었어요

어느 시인은 바람이라고 하죠

그 질풍 속에서 자라났다 하죠

나를 외롭게 두지 말아요

누군가는 충고하지만 이건 그리 쉬운 게 아니잖아요

슬퍼져 모든 걸 끊어내고 잠식되기 전

내 차디찬 손을 잡아줘요

밤은 오지만 그건 끝내 불안이지만

당신도 분명 여기잖아요

까만 밤 가운데 붉은 홰를 든 당신.

내 많은 불행을 내려놓게 하는 건 틀림없이

당신일 테니까

마음도 오해가 될 뿐

다시 일어나 준비해야 했다
아침해는 떠 있고 낯선 날에
어쨌든 살아야 했던 거다

당신은 어디쯤이고
어떠한 당신인가
그러지 않기로 했음에도
고집스럽게 물어왔다

그러나 이 물음들은
아무런 말이 되지 못하고
다시 돌아올 뿐이었다

안부에 더한
바랜 그리움 한 줄이
반가울 리 없었다

커다란 파고

너는 슬픔이었다

너는 그리움이었다

너는 비

들이치는 바람

어느 저녁의 놀

또 많은 순간 사랑이었다

안았었지 그 밤에

생각지도 못한 일이 있다

생각만으로도 슬픈 일은
생각할 수가 없다

그래서 이별과 당신은
갑작스러웠고

나를 손쉽게 무너뜨렸었다

안았었지 그 밤에

너를 써보았다

우리는 져야 하는 꽃이에요

찰나의 입맞춤을 하고

금빛 태양 아래에서 흩어져버릴

우리는 시든 잎이에요

우리가 있었어요

그곳에서 안았어요

이 붉은 상처는 그걸 증명해요

설령 어떠했든 세상은 가야 해요

우리는 사랑했지만

끊임없이 잊혀야 하죠

세상은 공허였고

무위의 순간만을 바라니까요

누구도 예외인 적 없었죠

우리는 쏟아지는 비예요

우리는 달리는 바람이에요

기억해주지 않을 거예요

아무 거리낌도 없어야 할 거예요

끝에서 만나기를

그 너머에서 조우하기를

당신만은 가끔 떠올려줘요

그 길을 알면서도

꺼내 든 마음 하나
네 것도
내 것도 아닌
마음 하나

깊숙한 곳부터
아린 통증 하나
우리 사이로
넘나들던 꿈결들…

한 자락 바람에
들추어진 오해 하나
아무 말 없고
고개만 주억거리는
너와 나

그리고 울음 둘

멀어지는 뒷모습으로 기억되다

문을 쾅 하고 닫고 나왔다
차가운 빗장을 걸어 뒀다

당신과 사랑이라
부른 것들을
다시 볼 수 없으리라

오랜 시간이었고
무심히도 흘러갔었다

누구도 찾지 않는
잊었을 그곳에
그리움 하나 싹텄다

뿌리내려 있었다

이걸 풀 수는 없지만

시운이 스치우는
술에 젖고 비에 젖은
그런 날보다
감정에 푸른 날이 서고
비애가 이는 그런 날보다

한 번의 당신이 불현듯
내게로 찾아드는 날
어딘가로
떠다녔을 당신이
내 가까이 내려앉는 날

바로 그날에
잊었던 한 구절 시어를
꺼내 보게 되더라

이걸 풀 수는 없지만

가슴을 울리는

아끼는 마음으로 건네주었건만
받을 수 없다 한다
죄스럽다고 한다
미안하다고만 한다

이 마음이 곧바로
사랑일 리는 없을 테지만

나는 참람해졌다
사랑이 미안하다니
이 앞에 죄스럽다니

펼쳐 읽어 보지도 않고
당신 정한 마음 그러하다니

가끔은 하늘을 향해 고개를 들어

조금은 더 사랑해도 되었다
한 번은 더 서로를 끌어안아도 되었다

타인이라도 우린 언제나 그러할 수 있으니
사는 게 힘들다면 모든 것에 지칠 때면
당신도 여기 이곳에 마음을 열어두어도 되었다
있다면 바람을 가져보아도 되었다

누군가는 이 계절에도 인내하였을 테니
어떤 이 상처투성이 사랑을 하였을 테니

가끔은 하늘을 향해 고개를 들어

순간들 편린들

네가 앞서간다

나도 걷는다

이내 달린다

따라잡을 수 없다

너는 애초에 그런 사람

나는 여태 이 지점

이것은 불변의 거리

다시 걷다, 달렸다

이젠 아예 보이지 않는다

네가 남긴

발자국 보며 걷는다

지워낸 문장

나는 하루에 비켜서 있어요
두렵고 죄 같고 불안해하죠
이런 나,
다는 이해할 수 없다 하겠죠
많은 날 중 허다한 우리는
이후로 완벽한 타인일 뿐.

그래요 마침내 끝이 났어요
오늘 밤이 꼭 그거예요
우리 이 하루를 넘기면
짐작대로 아무것도 없어요

달이 유독 하얗던 그 밤도
어둔, 함께 애달던 그 밤도
많은 어제는
당신은

나는

지워졌어요 전부 사라질 거예요

사랑은 가끔 뒤로 걷는 일

내 발자국 소리를 듣는다
들리는 건 이것뿐이라

발자국 그 소리에 외로워했다

소요의 이 순간,
기어코 기억일 건 있다

당신도 나도 지우지 못해
사무쳐 깨달았었다

사랑은 가끔 뒤로 걷는 일

당신이라고 쓰는 일이 어려워

떨려오는 말이 되었으면 해
이 단어들이 당신을 울렸으면
정작 전하지 못했어
깊어가는 밤엔
사각거리는 연필 소리만이

때론 알 수 없는
해 본 적 없는 말이지
어느 날도 내 스스로에게도.
단어를 나열하고 있고
어렵사리 글줄은 돼 가고 있어

밤…
네게 줄 이 글로 인해
잠 못 이뤘어

하지만 사랑을 깨닫는 순간이었어
당신이 조금은 보였어

달아나고 싶었어

아무것도 할 수가 없다
숨이 끊어져야 하는 것인가
끝 다음엔 무어지
왜 사는 거지
죽을 것 같다면서도
우리가 다시 거리로
뛰어나가는 건 왜인가

숨이 붙어 있었다
너도 나도
젖은 숨을 내뱉는다
이 생에 이유라도 있듯
주억거리고
바쁘게 숨을 삼킨다

당신이 읽었다

밤이 되고 난 당신으로부터
갈급함을 느낀다
당신과 밤을 보낼수록
떨어져 있을 때의 커지는 불안감

어떨 땐 그 마음이 너무 커져서
역설적이게도 아스라한
밤안개처럼 흩어져 사라지고 싶었다

이것이 사랑이겠지만
모든 것을 소유할 수는 없기에
전부 다 만족시키지는 못할 것이기에
외려 난 불행한 사람이었다

당신을 안는 일에 열심이었던 난
이렇게라도 당신의 여린 몸에

이기적 각인을 새기려 했던 사람이리라

순수를 갉아먹는 내게
당신은 사랑했었다 말한다
그 말이 날 때려서 운다
그래 일말의 단어를 찾던 생이었는데
사랑이었다 다름 아닌 그것이었다

오래된 질문

잇어갈까요

보이지 않을까요

남지 않을까요

알 수 없는 이 질문들을

당신은 알 수 있나요

그럼에도 당신은

잘 지낼 수 있을 거라 말해요

답을 아는 사람처럼

당신은 결국

이별을 말해요

우산을 펴들고

비가 오네요 난 멈춰서야 했어요
그 아무것에도 이 고작 한 걸음에도
자신할 수 없어서였죠

난 어디로 가고 있던 걸까요
잊고만 그 목적이 뭐였을까
나아가기 위해
놓아버린 게 자꾸 후회가 돼요

비 오는 이런 날이면
차오르다 잠겨 질식할 것만 같죠
빗방울들은 목적이 있을까요

젖게 하는 것 자라나게 하는 것
관망하다 한 점 후회하게 하는 것

이 비는 내가
차마 떨쳐낸 것들과 닮아 있죠

달갑진 않았어요
그래서 피하려고들 하겠죠
비가 내려요
이것만이 이 순간의 사실인 것처럼

사해

들을 때마다 울게 돼
네가 아닌 적이 있을까
어설픈 시어가 되지
초라한 단어였어

한 발을 내밀어 다가가
네 앞에 서기도 전에
해안처럼 물러나
제자리에서
파도처럼 뒤채여

들을 때마다 울게 돼
돌아설 때지만
당신에게 귀 기울여
낮게 또 숨죽여

남길 말이라면

하늘에 너울너울 운무가 인다
바람은 매섭게 차갑고
이 겨울, 마음 서리는 건 있다

잠시도 멈춰설 수가 없고
늘 낯설었으나 난 두렵지 않았다
어려움은 지나며 잊히고 새날은 떠오르고
어쨌든 살아있었던 거다

알 수 없는 때에 성급히 끝난대도
기억되지 않을 나여도
좋다 나 그때에 눈감으리라

그날에도 사랑은 하여지고
세계는 계속되고 태어남이 있고

그래 끝이란…

고요히 소란스럽지 않아야겠다

아이러니

답답했지만 무슨 말을 해

오늘 밤, 어떤 게 말이 돼

우리는 놓여졌고

멈춰있지만 그건 덮쳐 올 거야

다들 그렇다고 해

그렇게 이별하나 봐

슬퍼할 뿐 다른 방법은 없다고 해

그래도 살아

끝일 것 같지만 시작도 있고

어떨 땐 상관없이 웃기도 하나 봐

너는 날 일으켜

조금은 제대로 살고 싶었다

너는 날 무상함 속에서 일으키는 사람

까만 그늘 밑 한 뼘의 빛줄기

자라나고 난 커 간다

이제야 깨닫는다

혼자서는 아무 의미 없을 것을

크게 한 가지 결여되어 있음을

두 손 가득 너로부터 담아낸다

시간이 멈추어도

해와 달이 그 빛을 거두어

영영 암연이어도

나 이 사랑을 그러쥐고 있다가

기꺼이 침잠하리라

막연한 바람이 아니었다
사랑은 당신은 지극히 실증적인 존재
당신과의 스침이 찰나가
내 유일한 의미가 돼 간다

막연한 바람이 아니었다

제3부

잊었을 그곳에 그리움 하나

내가 지낸

어둔 밤만큼

시가 되었다

그건 내가 끝내 하고 싶었던 말
사랑이라는 나의 결론일 말

한 곳만을 향해

내 시는 밤에도 빛을 발한다

나는 촛대 하나를 받쳐 들고 그것이 마침내

타오르길 고대한다

시를 써온 건 벌써 오래전이었다

방황하다 흔들리며 잠시 안착하곤 했다

밤이 오면 잠에 들지만 그렇지 않을 때면

예의 흰 종이를 펼쳐 든다

그건 나의 본질이었다 내 생명은 여기 있었다

숨 쉬고 가슴 뛰고 여린 잎과 꽃을 그리다

적막한 세상에서도 움트는 봄을 그린다

마음에 품었던 것들이 이렇게나 많았었나

새삼 놀라워했다

무던했던 것들도 끄적이자니 애틋했었다

이 감정마저도

참을 수 있어
지나갈 거야라는 건
피할 길 없이 힘들다는 것

의미 없을,
텅 빈 자기 위로보다

한 떨기 떨어지는 당신에
마땅히 가슴 아파야겠다

이 감정마저도

당신이라서요

당신 또한 함께여서

내 사랑은 여기서 끝나지 않는다

모든 게 좋아서

바라는 바가 똑같아서

우리 이날은 저물지 않는다

멀리서부터 들려온다

서서히 이윽고 밝아온다

아침은 종종 낯설지만

당신과 나는 아직 여전하다

변한 건 없고

한시도 떠나 있지 않고

없을수록 더해 가고

그렇게 오래도록 서로에게

바라는 존재가 되어 간다

거짓을 짓지 않고
진실이겠노라고
당신과 사랑만은
그러하겠다고 다짐했었다

그래요 바로 지금

나는 슬펐어요
맞은 편의 당신이 웃고 있어서.
난 너무나 잘 알아요
난 사랑할 만한 사람이 아니란 걸

당신이 그 순수로
내 눈을 들여다볼 때면
난 내 어둠을 가리우곤 했죠
그러나 막을 수 없죠
아 참아낼 수 없죠

나는 슬펐어요
시는 슬픈 이야기뿐이고
난 그 길을 걷는 사람이었으니까요
홀로 돌아가는 길
걷다 우뚝 서서 다짐하곤 했어요

밤비 내려앉고
정적에 고요했습니다
시간도 비도 잊고 그 길 지워내고
당신 생각 하염없었고요

어둠을 밝히다

어느 날 어느 저녁에

너에게 갈 거야

등불 하나 켜두고서

오랜 마음들을 꺼내고

마지막엔 꼭

사랑을 얘기해야지

찬란함이 있다면

시가 되는 사람

노래가 되는 사람

마땅히 슬픔이 되려는 사람

함께 어디든 걷고

아픈 어제를 나누어 겪고

나를 위해 맨 먼저

내일이 되어 주는 사람

다시 없을 이야기가 되어서

내가 영영 노래 부를,

나로 하여금 목적을 쥐여 주고

경이로운 처음이 되는 사람

꾸준한 긴 과정이 되고

마침내 나와 나란히 끝에 서 줄

내 그대란 사람

내리고 있어

소낙비는 떨어져
머리칼과
어깨를 젖게 한다면

깊은 내 안부터
적셔오는 너인 것이다

비 오는 잦은 여름날
너만 기억이겠지

울고 웃던 그 시절

가끔은 날 기억해줬으면 좋겠다

시를 쓰는 사람이었고
우리는 한 구절이었다고

차마 다 지우지 않았으면 좋겠다

청춘이라 불러 본 사랑 노래였다고
지금도 가끔 따라 부르노라고

울고 웃던 그 시절

바람을 따라 일어서줘요

늦도록 너는 찾아왔어 비가 내리고
스미듯 넌 나를 적시기에 충분했지
구석구석 연이어 닿았지

달콤했어 이제껏 입안에 넣어보지
못한 향미였어
알 수 없는 게 이 세상엔 많다지만
어디 너만 했을까

늦도록 너는 내게 있었어
다 표현 못 할 환희가 있었어

세상이 준 이 유일한 존재를
가득 안아보고
밤하늘에 가볍게 띄워 올리곤 했어

네가 내 옆에서 작은 숨을
뱉으며 잠들 땐
세상이 너무 놀라워 믿기지 않았어

네가 내 옆에서 작은 숨을

세상이 너무 놀라워 믿기지 않았어

기도하듯 바랐었어

내가 할 수 있는 건 말

오래 두고 준비한 건 문장

던져 내 띄우는 시

밤하늘 별처럼

이 언어가 저 먼 곳에서도

유난히 반짝거리길

가끔 올려다보다 내가

아득히 회고하길…

어느 누군가는 작게 되뇌었으면

momentum

높이 깊게만

오르고 가라앉는다면

별 또는 밤을

따라 그렇게 가 본다면

이 일의 그 끝엔

반드시

당신이 있을 테요

안개꽃 한 다발을 선물하겠어요

노랫소리가 들려오네
사랑했지 그래 그랬었지

노랫소리가 들려오네
떠올랐지 그날 널 안았었지

흥얼거리다 노래는 그쳐가네
정적 속에서 여태 회고하네

나와 너뿐이었지
그 외엔 그냥 세상이었지

약속해줘

모든 건 때가 있다 하니
그날까지 내 하루들은
그저
기다림만으로 채워져

난 오늘도 그리움이니
당신은 가만 또 사뿐히
오는 그날에
사랑이라면 좋겠어

약속해줘

창문 틈새로 밤바람이

침대 위의 흔적

널 안았었지

입 맞췄고

저녁의 푸른 향

아스라이 번지네

침대 위의 얼룩

열꽃을 띠며

탐닉하며

엉망이 돼 네게로

도취하던 날

문득 시계를

바라다보니

그날 그즈음의 시각

아직 남은
터진 붉은 핏줄들

당신의 성긴
머리칼을 비추던
하얀 달이 또 떴네

아직 남은

오, 잊지 않았어

구름이 옅은 웃음이
머물다 지나간다
잔잔한 바다가 파도가 되니
나도 내 진심들을
너에게로 띄워 보낸다

시간은 흐르고 또 한 번
이 밤은 추억이 되어가니
당신 모습 단지 어른하다
홀로 뜬 저 달이
내 마음 훤히도 비추인다

밀려오고 물러나며
널 안던 바다가
널 잠재우던 바다가

우리를 잊지 않고

그때 그 이름을 부르고 있었다

첫 만남에 우리가 사랑일걸 알았다

흰 피부 초승달 눈썹

여윈 어깨

허리 위에 닿은 머리칼

가을은 저 멀리서부터

다가오고 있었고

여름 끝자락에서 우리는

마침내 조우하였다

흰 구름 달리는 바람

별

아침과 하루들

시를 쓰고 싶지 않았다

다 담을 수 없기에

내가 하고 싶은 건

전부 당신에게 있었기에

당신은 내가 아는 세상

내가 아는 유일함

나는 처음으로 불리어지고

이날에 비로소 눈 떠 있었다

당신은 내가 아는 세상

가을날의 회상

나 여기 있어라고
말하고 있었네
나 여기 서서
오래 기다리노라고

봄이 오는 듯했고
비 오는 날이더니
일순에 후드득
낙엽 지는 세상이었어

난 살아있었고
내 감정 단 하나도
낭비하지 않았어

당신이라는 사람을
알아내고 있었으니까

묻는다면 그건
지나도 당신이었으니까

나 여기 있어라고
말하고 있었네
기억할까
당신도 머물렀었는데

계절을 나고
보내고 멀리 나가
또 기다리곤 했지
이유 없었고 함께였지

묻는다면 그건

되돌아오고 뒤돌아본 계절

봄이 오겠죠 찬 바람 불고

곳곳에 어둠이어도 풀어지고 녹겠죠

사랑 노래를 부를까요

엮어서 시집을 만들까요

봄이 오겠죠 알 수 없는 날

지나친 그곳에 여린 잎 피겠죠

밤이면 선명했었다

가끔은 바라는 마음이었다

곧 닿을 것처럼 보였다

허나 바람 같지 않았고 가야 할 길이

아득히도 남아 있었다

왜 실망하지 않았겠나

그러나 지나와 보니

모든 게 바람 같지 않아도 좋았다

난 그냥 길을 걷는 것이었으니까

목표한 곳에 정상이 있으면 좋겠지만

난 그냥 단지 길이 좋았으니까

때론 알 수 없는 글이지만

자주 읽히지 않지만 쓴다

쓰고자 한다

시어는 빛나기도 하고 아련히 떠다니기에

내가 깨나는 푸른빛 새벽은

날 가만 내려다보고

나에게로 귀 기울이기에

쓴다

내가 지낸 어둔 밤만큼 시가 되었다

당신은 그때와 같다

당신이 내게서 그대로였으니까

스쳐 지나도 당신이었으니까

바람 불어 꽃잎 흩어지는 날

난 애써 그리움 한 줄을 꺼내지

당신은 그때와 같다

그것이면 돼

몇 줄 더하여 보았습니다

하지만 완성하진 않았습니다

다듬어내고 몇 군데

영영 비어 있어도 좋아요

우린 바라였지만 어느 순간에도

완벽하지 않거든요

그저 새로 배우게 됩니다

당신을 있는 그대로 뚝 떠내서

두 눈 속에 담아내는 것을요

어느 순간부터 우리의 부족함은

문제가 되지 않았습니다

몇 줄 더하여 보았습니다

다만 바라여 봅니다

내 말이 쉬웠으면

곧장 당신 마음에게로
달려가는 글이었으면 하고요

어쩌다 당신에게로 닿을 때면
그날의 내 소명을 다한 것 같았습니다

강변에서

고요히 내려앉는 밤

너와 내가 걷다가

잠시 앉아 쉬어 가는 날

손가락 끝이 닿고

말없이 도시의 늦은 밤을

관망하는 날

시간은 가고 달은 떠 있고

길은 있으나 돌아가고 싶지 않은

무엇이 밀려와도

또는 침잠해가도

그대와 머무르고 싶기만 한

빛나는 찰나

훔쳐본 당신의 옆얼굴

난 분명 놀란 눈이었거나

벌린 입에 배시시 웃고 있었겠지
유유히 어른거리는 밤물결
네 위로 올려본 손
희미하게 네 숨소리

어느 늦은 밤의 잔상

밤은 늦어 가고

내 잠을 덜어 당신을 그리네

별이 우수수 바람에 떠는 날

당신은 내게로 슬픔이 되다가도

웃음 짓는 추억이 되네

아 사랑하고 있었지

계절이 오는 것도 내게 있어서만큼은

당신이 그 이유였지

꽃가지 꽃잎 밀어 올리는 날

나비가 우아하게 날갯짓하는 날

당신이 어느 것보다 봄이었지

더듬어 추억하다가도

전부 다 그려낼 수 없음에 황망해하였네

당신으로 인한 애틋한 날들과

뛰어오는 이름 모를 감정
하여 당신의 어디까지 썼던가
홀로 고요히 밤의 끝자락이었고
새벽은 밤하늘을 하얗게 덧칠하네

참 환한 날

한참 걸어온 길 유유자적 고요한 길

홀로 폈다 져가고 계절은 바뀌어 가고

많은 생각들 가져본 진심들

그러다 어느 날의 조그마한 온기에

화들짝 놀라곤 했다

짐짓 모르는 척 못하고 가슴은 또 뛰는 것이다

그저 망연히 바라다보다 어여쁘게 보이고

이 나이에 좋아해 버리고 마는 것

마침내 핀 가슴 속 연정

4월의 봄볕 아래 어쩔 수 없는

벚꽃의 연분홍처럼

너에겐 감추기 힘들었다고나 할까

깨나고 잠들기까지

당신에게 사랑이 있었나요
꿈처럼 그린 적 있나요
이제 와, 다만 궁금했어요

그래요 정말은 없어도
그대 부정해도 좋아요

까만 밤에도 나는 숨 쉬고
놓질 않고
내 몫의 사랑을 할 테니까요

깨나고 잠들기까지

나는 글을 썼고 마음껏 취했고 뭇 여인들에 열성이었다. 안정제에 잠이 드는 게 어디 불행일까? 최악을 가늠해 봐도 불행까진 아니라 모든 게 그럭저럭 좋다고 생각했다.

내게로 당신이 잠깐만 내려앉다 가는 것도 시집들이 아주 잠시 책장에 꽂혔다가 영영 잊히는 것도 좋았다. 빈약한 평가를 받지만, 나는 그런 시시콜콜한 이야기를 한 적이 없고 따분한 말과는 거리가 멀기에 나는 스스로에게 떳떳했다.

하지만 그럼에도 내가 해야 했던 서글픈 해명들. 오해에 스스럼없다면 인생들에서 그 말이 그렇게 빈번히 쓰일 일이 없을 터. 모르겠고 그냥 나는 오늘도 먹고 마신다.

지난날의 나는 이 세상의 고매한 진실들을 글로 옮겨 담고 싶어 했다. 지금도 그것이 어리석다 생각하지 않는다. 취한 날 휘적휘적 시를 써 내려가면 아직도 슬며시 그런 밤이다. 글줄은 흥미롭고 유리컵에 잔뜩 담은 술은 달았다.

* 이 책의 여러 시들 가운데, 특히 어떤 이별은 개인의 것이 아니라 모두의 것이기도 했습니다.
- 「이별의 무게」는 2022년 이태원 참사를 기리며 쓴 시입니다.